# 기묘한 병 백과

# 기묘한 병 백과

도밍 지음

위즈덤하우스

이오는 햇살이 비쳐드는 서재에 앉아 뻐끔뻐끔 방울담배를 피우고 있었다.
매일 같이 머리에 진주알이 반짝대고 매일 같이 무언가 기분좋게 일렁였다.

현실이 끼어들 틈 없는, 동화의 한 장면 같은 오후였다.

어디에서 왔는지 모를 나비 한 마리가 눈 앞으로 날아들었다.

늘 반복되던 매일과는 다른 일이었고,
본래 평소와 다른 것들은 보다 쉽게 마음을 끄는 법이었다.
이오는 홀린 듯 나비를 따라 걸었다.

그리고
갑자기 현실이 끼어들었다.

머릿속에서 무언가
시끄럽게 터지는 소리가 들렸다.

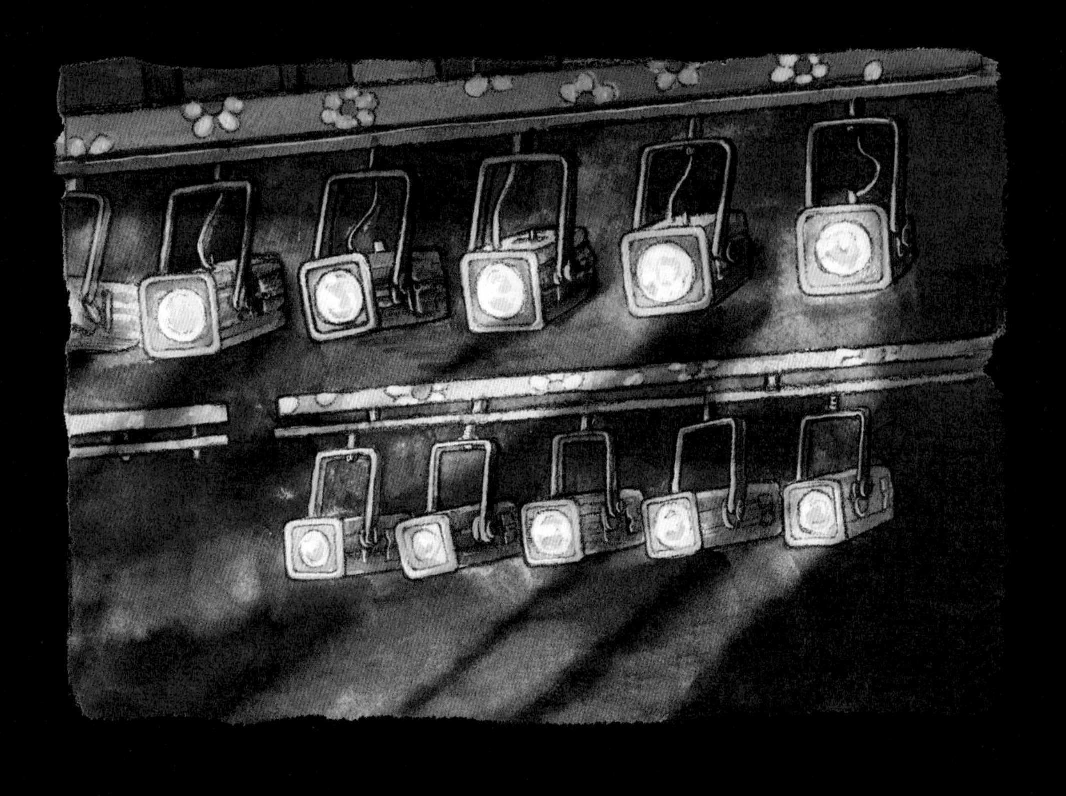

이오는 당황한 채로 주변을 둘러보았다.

그간 알아채지 못했을 뿐, 늘 그 자리에 있었던 것들이 모습을 드러냈다.

이오는 황급히 거울에 얼굴을 비췄다.

매일과 같은 장면이었지만, 모든 것이 더 이상 전과 같지 않았다.
살랑대던 바람도 숨을 멈추었다.

분장이란, 왜 이리도 쉽게 닦이고
왜 이리도 허망히 뭉개지나.

분장이 짓이겨지는 동안,
이오는 허공에 떠다니는 먼지들의 비명 소리를 들었다.

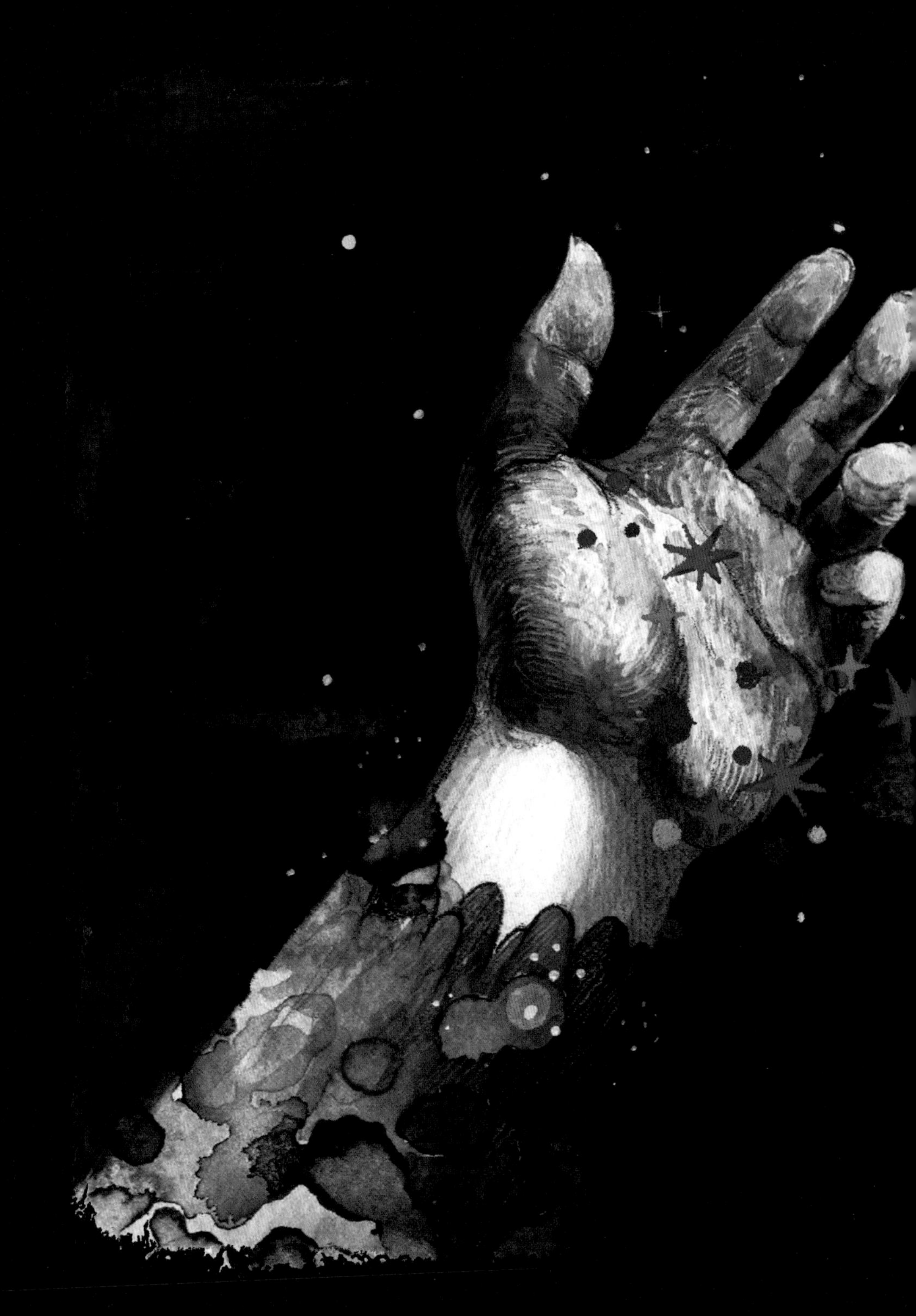

손바닥에 반짝거리는 무언가가 잔뜩 묻어 나왔다.
하지만, 그건 손바닥 위에 있음에도 결코 두 손으로 붙잡을 수는 없는 것이었다.

어느새 무대는 온통 정직한 어둠 뿐이었다.

햇살이라고 믿었던 모든 빛들이, 무대의 조명에 불과했음을 깨달은 순간,
모든 빛이 일제히 눈을 감았다.

아.

이오는 텅 빈 객석 사이를 걸었다.

이 연극에는, 단 한 명의 관객도 없었다.
이오의 꿈과 이상에는, 단 한 번의 박수도 없었다.

그래서, 이 현실은 현실이 아닌 한 편의 연극이어야만 했다.

이오가 극장을 나간 뒤,
아주 아주 오랜 시간이 흘렀다.
모든 것이 잊혀질 만큼.

오랜 시간이 흐른 뒤,
이오는 다시 극장의 문 앞에 섰다.

이오가 극장 안으로 들어가자, 극장은 형체도 없이 사라졌다.

다시 돌아온 극장 안에서, 모든 것이 더 이상 전과 같지 않았다.
그렇게, 이오는 이오가 되었다.

이오가 된 이오는,
누군가의 이야기에 방문해 마음을 듣고 그 모양을 기록하기 시작했다.
이오가 그랬던 것처럼, 무언가를 앓는 사람들에 대한 이야기였다.

「이오의 장」
끝.

Contents

## 1부 ✦ 말할 수 없는 감정들

✷

## 2부 ◆ 애달픈 현상들

✱✱

# 3부 ◆ 외로이 좌초한 마음들

✱✱✱

## 4부 ⬩ 마음의 모양을 따르는 증상들

✱✱✱✱

## 5부 ✦ 앓는 모든 존재를 위하여

✱✱✱✱✱

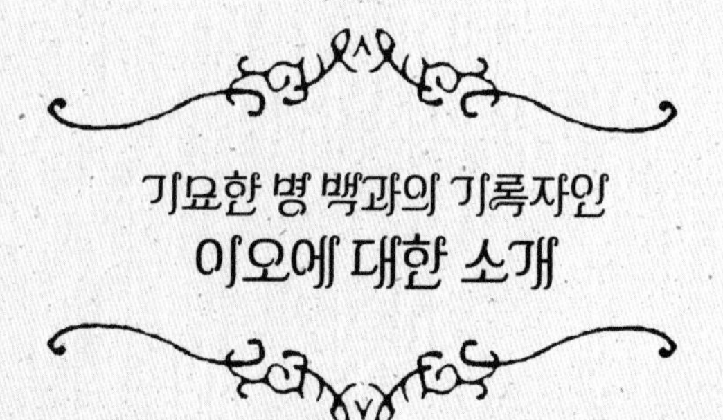

# 기묘한 병 백과의 기록자인 이오에 대한 소개

✦

이오는 갖가지 이야기들 속에서 표류하다가
이따금씩 초대를 받고, 자신을 부른 이야기에 방문한다.
방문해서, 만나고 이야기를 듣거나 장면을 본다.
그러다 앓는 마음이나 어떤 증상, 현상을 만나면
그것들을 그리고 기록한다.
이오는 이 행위를 반복해왔다.

✦✦

이오가 어디에서 와서 어디로 가는지, 왜 이런 일을 하는지는 알려진 바가 없다.

이오는 종종 제 자신도 관찰한다.
이오는 자신을 포함한 모두를 3인칭으로 지칭하는 것을 좋아한다.
이것이 우리가 이오에 대해 알 수 있는 전부이다.

✦✦✦

이오는 이야기에 방문해, 먼 발치에서 바라본 뒤 객관적 사실을 기록하고
당사자의 이야기를 듣고 그대로 적거나 말을 인용하며,
이오의 주관적인 견해를 추가해 작문을 하기도 한다.

이오는 늘 입을 열지 않고 가만히 듣는다.

✦✦✦✦

이오의 기록이나 물건들 중
어떤 것은 파악하기 어려울 정도로 너무나 새것이고,
어떤 것은 기억나지 않을 정도로 아주 오래된 것이다.

✦✦✦✦✦

이오는 가끔씩 무언가를 받아 온다.
이오에게 초대장을 보낸 이들은 종종 이야기를
마친 후 이오에게 무언가를 건네기도 한다.
그들은 이오가 원하건 원치 않건 주기 때문에,
이오도 이오가 원하건 원치 않건 간에 받아온다.

터진 풍선조각이나 무늬 병의 조직,
질 좋은 검은 눈물 잉크 한 병,
가시 덤불의 가장 굽은 부분이나 레이스의 끝자락 같은.

이오는 누군가 알아주길 바라던 아픔의 파편들을 받고 나면
돌아온 뒤에도 며칠 밤을 함께 앓기도 한다.

타인의 마음을 듣는다는 게

그런 일이다.

·1부·

# 말할 수 없는 감정들

# 알 수 없는 무늬 병

언젠가부터, 가슴 언저리에서 알 수 없는 것들이 돋아났다.
오돌토돌 돋아 오르는 것들을 손끝으로 멀거니 쓸어 보면서,
정신도 그 복잡함 속으로 점차 가라앉음을 느꼈다.

이유도 없이 벌어지고
예고도 없이 찾아오는 사건 앞에
어찌할 바를 모를 뿐이다.
살갗을 뚫고 올라온 염증들이
알록달록 무늬로 모습을 바꿔가는

이 신경질적인 우화의 현장을.

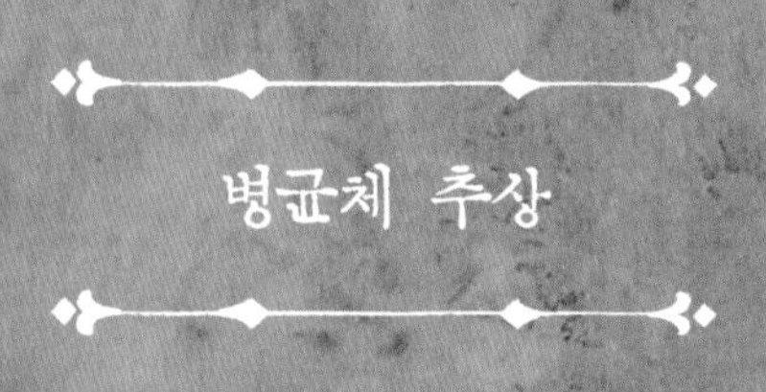

# 병균체 추상

여러분께, 처음으로 무늬 병의 본질을 보여드립니다.
병의 실체를 알아내고자 하는 연구는 오랜 세월 계속되어왔습니다.

그리고 결국, 가장 흔한 무늬병의 병원균을 채취해내는 데에 성공했습니다.
병균체들을 채집 후 크고 흰 종이에 배양해 그 모습을 확인할 수 있습니다.
많은 이들이 이 아픔의 본질을 형상화한 듯한 모습에 매료되고 있습니다.
각양각색의 모습을 한 병균체들이 아름다워 보이나 봅니다.
예술계 일각에서는 이것이야말로
진정한 추상화가 아니냐는 의견을 내고 있습니다.

아픔 그 자체의 모양을 확인하는 일에 어떤 의미가 있을까요?

이것은 아픔의 본질일까요, 아니면 단지 원인일까요?

## 타자화 된 갈증

타는 듯한 갈증과
눈앞의 무언가를 향한 갈망이,
그의 온 살갗 위로 돋아나 물결 같은 춤을 춘다.

몇몇 사람들은
그 모습이 아름답다고 생각했다.

# 무력한 손 틈새로

그가 아무리 붙잡으려 해도,
전부 다 무력한 손 틈새로 빠져나가버렸다.

이제는 마음 안에서 무언가 새고 있는지
만들어 뱉어내고 있는지 분간할 수도 없게 되었다.

## 뾰족하게 돋아나는 벽

찌르고 파고들어 상처 입히겠다는 건지,
다가와 상처 주지 말라는 건지.

다치게 하지 않고, 다치지 않기 위해 세워진
그의 알기 쉬운 벽이 따끔거렸다.

# 마르지 않는 눈가

이 '눈물이 마르지 않는 머리'는 어떤 가뭄이 찾아와도
결코 마르지 않는 샘으로, 어느 작은 마을의 명물이다.

아주 오래전, 눈물이 멈추지 않는 병에 걸린 사람이 있었는데,
너무 오랜 시간 눈물을 흘려온 끝에 머리만 돌처럼 남게 되었다는
맥락 없는 전설이 전해져 내려오고 있다.

왜 끝없이 울었는지, 왜 아직도 우는지
누구도 눈물에 짓무른 뺨을 궁금해하지 않으니.

마을의 생물학자들에 의해,
얼굴 주변에 달라붙은 것이 따개비임이 밝혀졌습니다.
이 따개비들은 생전에 자라난 것으로, 현재는 눈에서 민물이 흐르고 있으나
아주 오래전, 머리의 주인이 살아 있었을 당시 흘렸던
눈물의 염도 때문에 번식했던 것으로 추정됩니다.

## 가시넝쿨 함묵증

그 사람은 화가 나면 자기 입에서 가시 돋친 넝쿨이 자란다 믿었다.

상처 받고 화가 치밀 때 손이 제 스스로
입을 콱 틀어막는 바람에 그는 매번 아무 말도 할 수가 없었다.

자기 가시에 상대가 상처받는 것보다는,
제 목구멍 안으로 가시가 쌓이고
손과 팔에 생채기가 나는 편이 훨씬 낫다고 생각했다.

다들 자신의 곁을 떠나갈까봐 두려웠기 때문에.

# 눈물 눅은 이끼

터트리지 못한 울음소리와
흘리지 못한 눈물의 습기에 이끼가 뿌리를 내렸다.

한 번 번지기 시작한 이끼는 쉽사리 말라죽지 않는다.
이 아프고 축축한 공기만이 혼자 삼켜온 것들에 보드랍게 공명한다.

더 이상 울지 않는 몸이 된 울보들을 위하여.

## 알록달록 뒤죽박죽 목욕

그는 몸에 복잡하고 아름다운 무늬가 자라나는 수많은 이들 중 하나였다.
겉으로 드러났다는 이유로, 자극적이라는 이유로 선정적으로 소비됐다.
사실은 같은 근원을 가지는 이 현상 위로, 제멋대로 다양한 이름이 나붙는다.

누구나 다 그렇다니까,

너무 흔한 일이라니까.

알록달록 정신없이 자라나는 무늬 아래에서 그저 입 다물고 있을 수밖에.

## 침묵의 넝쿨나무 증후군

그는 갑자기 목구멍 안쪽에서 따끔거림을 느꼈다.
몇 분 지나지 않아,
넝쿨 한 줄기가 불쑥 입술을 비집고 올라왔다.
그는 놀라 비명을 질렀다.

비명을 지를 때마다 더 커다란 넝쿨들이 솟아올라왔지만,
놀란 그는 방바닥에 주저앉아 찢어지는 비명을 계속 질러댔다.
차오르는 비명으로 천장 가득 수풀이 드리웠다.

어느 순간 간헐적으로 새어나오던 가느다란 비명소리마저 들리지 않게 되었다.
순식간에 일어난 일이었다.

## 간지럽다 치부되는 고통

그는 계속해서 간지러움에 시달렸다.

아무리 호소하고 바닥을 구르며 소리를 질러도,
그의 간지러움은 그 고통만큼의 공감을 살 수 없었다.

발끝까지 쭈뼛 서고 머릿속을 헤집어 놓는 이 간지러움.
신경을 타고 흐르는 이 말초적인 고통은 자주 비웃음을 샀다.

간지럽다는 표현의 가벼운 어감이 판단의 무게가 되었다.
언어의 인상이라는 게 이렇게 아프다.

피가 나지도, 욱신대지도 않는 이 감각은
그 누구도 심각하게 여기지 않아 멎지 않는다.
간지럽다는 말로 쓰이기 때문에.

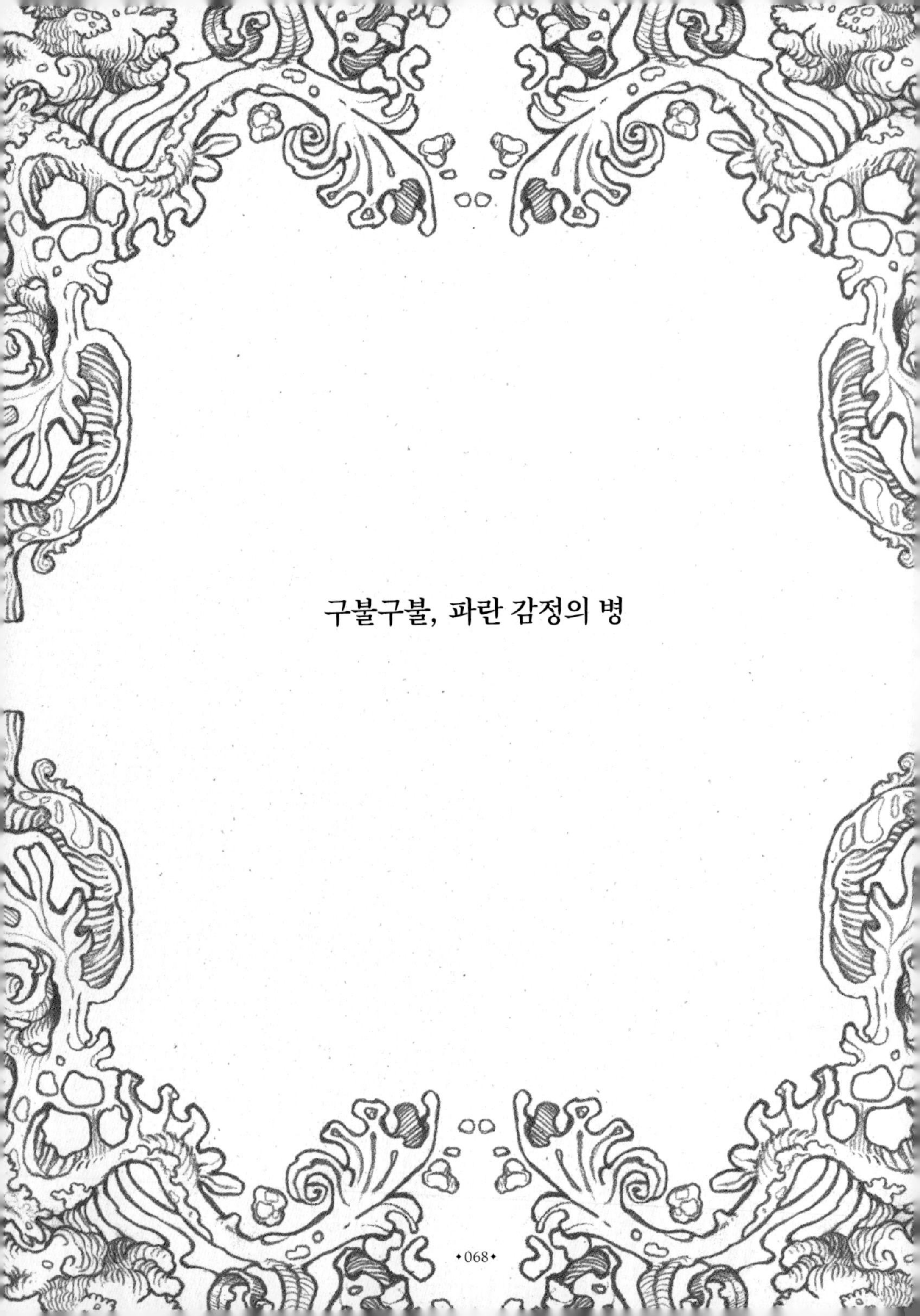

# 구불구불, 파란 감정의 병

·2부·

# 애달픈 현상들

## 각설탕의 시선

그가 다가온다.

그 그림자가 머리 위로 덮일 때,

달콤한 각설탕들은 숨막히는 공포를 느낀다.

## 마음을 부수는 마법

그 꼬마 마녀의 꿈은 누구보다도 빠르고 높게 빗자루를 타는 사람이 되는 것이었다.
하지만, 비행을 시작할 나이가 몇 해 지나고도 빗자루를 띄우지 못했다.
그리고, 언제인가부터 눈앞에 작은 나무토막이 보이기 시작했다.

오직 꼬마 마녀의 눈에만 보이는 그 나무토막은 누군가
"그거 하나 제대로 못하니?"
라던가
"어릴 적 부터 높이 나는게 소원이라던 애가 어쩜."
이라고 말할 때마다 점점 커졌다.

어엿한 마녀가 되었을 무렵,
그 토막은 어느새 멋진 빗자루의 모습을 하고 있었다.
그 모습에 가만히 시선이 붙들리던 날,
마녀는 방구석에 있던 빗자루를 향해 손을 뻗었다.

어쩌면… 이게….

그러자 난생 처음으로 빗자루가 달각대며 움직이기 시작했다.

온 마음을 다해
수없이 많은 빗자루를 향해 빌어봐도,
어느 것 하나 꿈쩍하지 않았던 날들.

'어쩌면, 이번에는'

'이번에는, 나도'

마치 마법처럼
빗자루가 마녀를 향해 날아오더니
간절히 뻗은 손을 허망하게 지나쳐 곧바로 등 쪽을 꿰뚫었다.

꿈꾸고 소망했던 수많은 날들이 마음을 부수고,
오랜 시간 견뎌왔던 소리들이 귓가에 웅얼댔다.

## 특별한 고슴도치의 우울

그는 정말 특별해지고 싶었다.
어릴 때, 선생님은 별 모양 스티커를 붙여주곤 했다.
수많은 단어와 문장들 사이에서 눈길을 줘야 할 이름에는 별표를 치곤 했다.

특별해지고 싶은 마음이 너무도 강해진 끝에,
수많은 별표들이 그 중력에 이끌려 날아왔다.

특별할 것 없는 몸에 뾰족한 별들이 날아와 가볍게 박혔다.
특별해지고 싶었으나, '무엇으로 어떻게'에는 뜻이 없었던 탓이다.

그저 정말 특별해지고 싶었다.

## 네가 없는 세계

소년은 이미 사라지고 없는 소녀를 그리다 못해
소녀의 환영을 보기 시작했다.
그 애는, 더 이상 존재하지 않기에 존재한다.

"소년이 사라졌기에, 소녀뿐인 세계가 탄생했다."

날 잊지 마세요.

# 이불 속 마지막 은신처

겁이 참 많은 소년이었다.

소년의 두려움은 점차 커져
주변의 온갖 것들이 공포의 대상이 되었다.

작은 접시가 뚫어져라 노려보는 것만 같고
문고리가 소년을 가두고 옷걸이가 배를 찔러 오는 것 같았다.

그럴 때면, 소년은 자신의 보드랍고 아늑한
이불 속으로 몸을 파묻곤 했다.
어릴 적부터 소년을 감싸온 이 이불만이
소년의 유일한 안식처였다.

두려움은 계속해서 제 덩치를 키웠고
곧 소년은 이불 밖으로는 손가락 하나도 내밀 수 없게 되었다.

그런 마음이 어떤 힘을 발휘했는지
이불자락이 점점 넓게 자라나더니
소년의 세상을 덮어나가기 시작했다.

이윽고 소년의 시선이 닿는 모든 곳이 이불로 뒤덮였다.

오직 자신의 숨소리만 들리는 따뜻하고 안전한 공간.

하지만 얼마 지나지 않아
소년은 이 이불도 어딘가 위험하다고 생각하기 시작했다.
그 때문에, 소년은 이렇게 겁에 질린 채
웅크리고 있을 수밖에 없는 것이다.

## 영원한 위로

처음에 소년이 바란 것은 작은 위로였다.

소년은 매일 밤 아름다운 천사가 자신을 품고 머리를 쓸어주는 장면을 상상했다.
그리고 어느 밤
소년이 그렇게도 원했던 위로가 실체를 가지고 눈 앞에 나타났다.

소년은 감격에 겨워 그 품속으로 파고들었다.
따뜻한 숨결과 나긋나긋한 손길.

'위로'는 계속해서 소년을 위로하고 싶어했다.
그는 영원히 위로받게 되었다.

영원히, 위로받아야 하는 사람이 되었다.

# 질 좋은 검은, 눈물 잉크

그 여자는 짙고 검은 눈물을 흘리는 병에 걸려 있었다.
흰 뺨은 늘 검은 자국들로 얼룩져 있었고,
때문에 여자는 꽤 오랜 시간 방 안에 틀어박혀 지냈다.
그렇게 몇 해가 지나고, 여자는 잉크를 만들어 팔기 시작했다.

제 눈물을 유리병에 모은 것에 불과했지만,
여자는 그 누구에게도 이 사실을 알리지 않았다.

"그 잉크를 사용하면, 끝내주는 작품이 나온다는군!"

소문을 들은 당대의 수많은 문장가들이며 화가들이
이 질 좋은 잉크로 위대한 작품을 만들어 내놓았다.

여자는, 제 슬픔과 고통이, 자신이 흘린 눈물이
저 아름다운 예술을 낳은 거라고 생각했다.

"저 작품과 이야기들은 전부 다 내 눈물이 만들어낸 거야!"

여자는 그제야 비로소 행복했다.

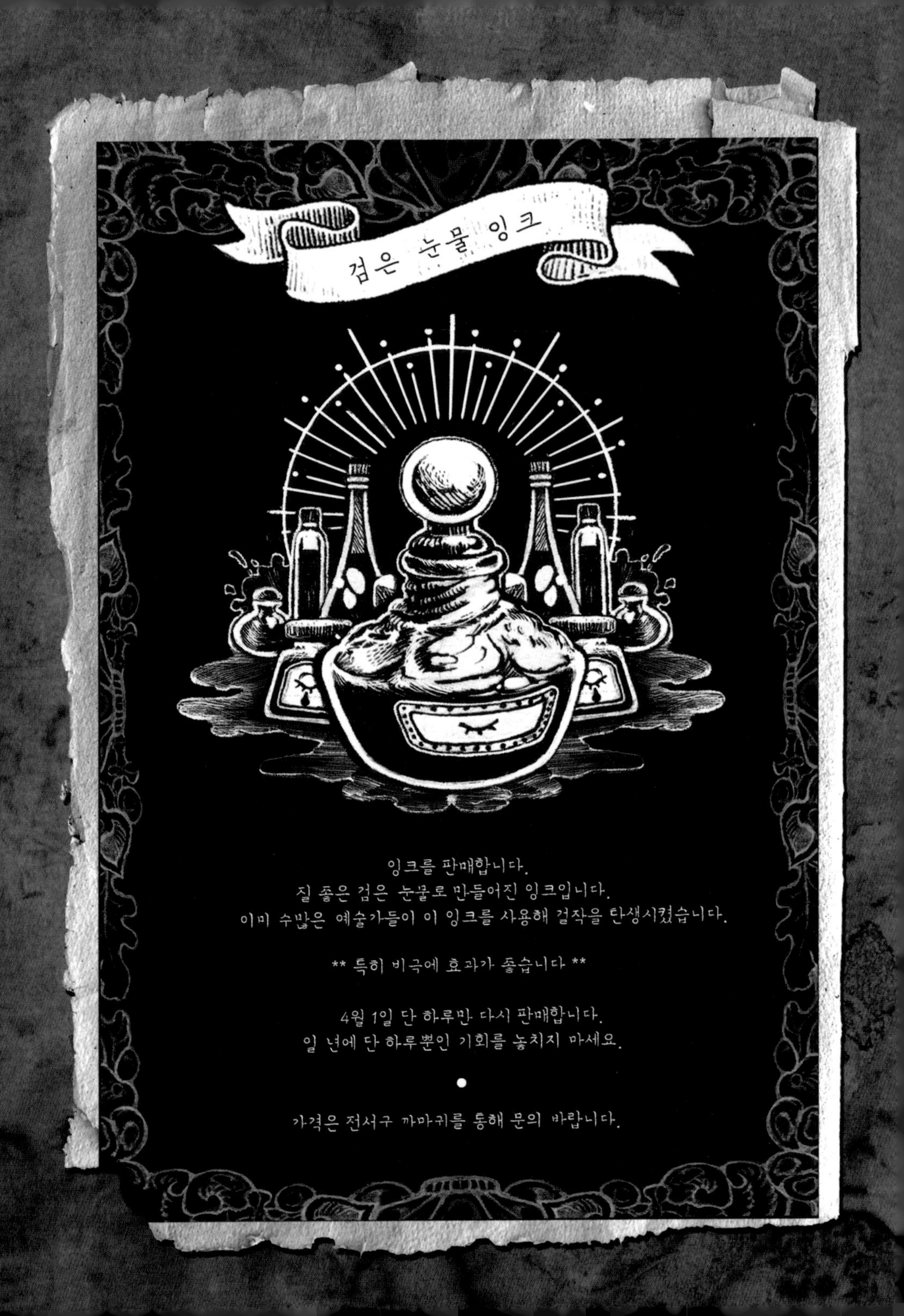
검은 눈물 잉크
잉크를 판매합니다.
질 좋은 검은 눈물로 만들어진 잉크입니다.
이미 수많은 예술가들이 이 잉크를 사용해 걸작을 탄생시켰습니다.
** 특히 비극에 효과가 좋습니다 **
4월 1일 단 하루만 다시 판매합니다.
일 년에 단 하루뿐인 기회를 놓치지 마세요.
가격은 전서구 까마귀를 통해 문의 바랍니다.

“그거 들었어?”

“뭘?”

“요즘 예술가들은 특별한 잉크를 쓴다더라고.”

## 소원을 비는 양초 병

아주 오래전부터 대대로 양초를 만들어온 마을이 있었다.
마을에서는 양초가 소원을 들어주는 데에 큰 효험을 발휘한다고 선전해왔다.

수많은 사람들이 이 마을의 양초가 밝히는 촛불 앞에서
간절히 소원을 빌곤 했다.

그러던 어느 여름, 마을에 역병이 돌았다.
간절히 소원하면, 커다란 양초가 되고 마는 병이었다.
모두가 두려움에 각자의 소원을 거두려 애썼지만,
어김없이 자신의 바람을 위한 양초가 되고 말았다.

수많은 사람들이 스스로의 간절한 마음을 위해 타올라야 했다.

어떤 소원을 품었기 때문에.

# 소원의 양초.

소원마을 특산품

소개 : 마녀의 비밀 레시피로 만들어진 양초.

효과 : 심지에 불을 붙이고 간절히 소원하면
무엇이든 이루어집니다.

부작용 : 미상.

# 모든 빛이 선망하는 어둠

모든 이가 소녀와 함께하고 싶어했다.
그의 곁은 늘 북적였고, 그는 모두의 좋은 친구였다.

그 목적들이 세균과 같이 쌓여, 이윽고 소녀는 새까맣게 정의되고 말았다.

"아, 어둠이 있기에
빛이 빛날 수 있는 거라는 말은 도대체 누가 만들었는지"

## 숲에 부는 바람의 유래

그 자작나무는 근처의 나무들과 함께 숲을 만들었다.

자작나무는 언젠가부터 이유 없이 외로워졌다.

제 목소리가 허공을 맴돈다 느낀 어느 새벽에,
나무는 보이지 않는 바람이 되고 만 자신을 발견했다.
그 좁은 나무들의 세계에서 소외된 탓이리라.

함께 숲을 이룬 거라 생각했는데.

그 숲에서 빠져나갈 수도,
뿌리내릴 수도 없이 떠도는 소리가 된 바람은
조용히 태풍을 준비한다.

나무의 바람을 못 들은 체했던 이 숲을 휘돌아
더 큰 산에 닿을 태풍.

# 진주조개 해협의 인어 증후군

오랜 세월, 이상한 모습의 인어가 발견된다는 설이 전해져 내려온 바다.
조용한 바다 속 고운 모래 뻘 위에, 커다란 진주조개가 있었다.
이 조개는 물살을 따라 들어와 제 살을 헤집는 작은 모래알갱이 따위를
진주로 빚어내면서, 스스로가 굉장히 특별하다고 생각했다.
나는 내 안으로 들어오는 삶의 불순물과 따가운 고통을 가지고
아름다운 뭔가를 빚어내고 있다고.
그 누구도 해내지 못할 멋지고 독특한 일을 해내고 있다고!

그러던 어느날, 조개는 강한 파도에 밀려 바위에 세게 부딪히고 말았다.
힘이 빠지면서 굳게 다물고 있던 입이 열렸고처음으로 바깥을 훤히 보게 되었다.
바닥 여기저기, 자신과 같은 모습을 한 수백개의 조개들을.
조개는 서서히 숨이 끊어져가는 와중에 생각했다.

'아, 설마…'

오랜 세월, 이상한 모습의 인어에 대한 전설이 돌던 바다.
이 바다 속에서는, 스스로가 특별하다고 믿던 진주조개들이
숨을 거두고 나면, 인어로 다시 태어나는 현상이 일어나고 있었다.
그렇게 태어난 인어들은, 다른 조개들도 진주를 만들었는지 확인하려
입을 벌리거나, 제 진주들을 꿰어 만든 장신구를 온몸에 두르곤 한다.

그리고 우리의 진주조개가, 깊은 바다 속에서 다시 눈을 떴다.

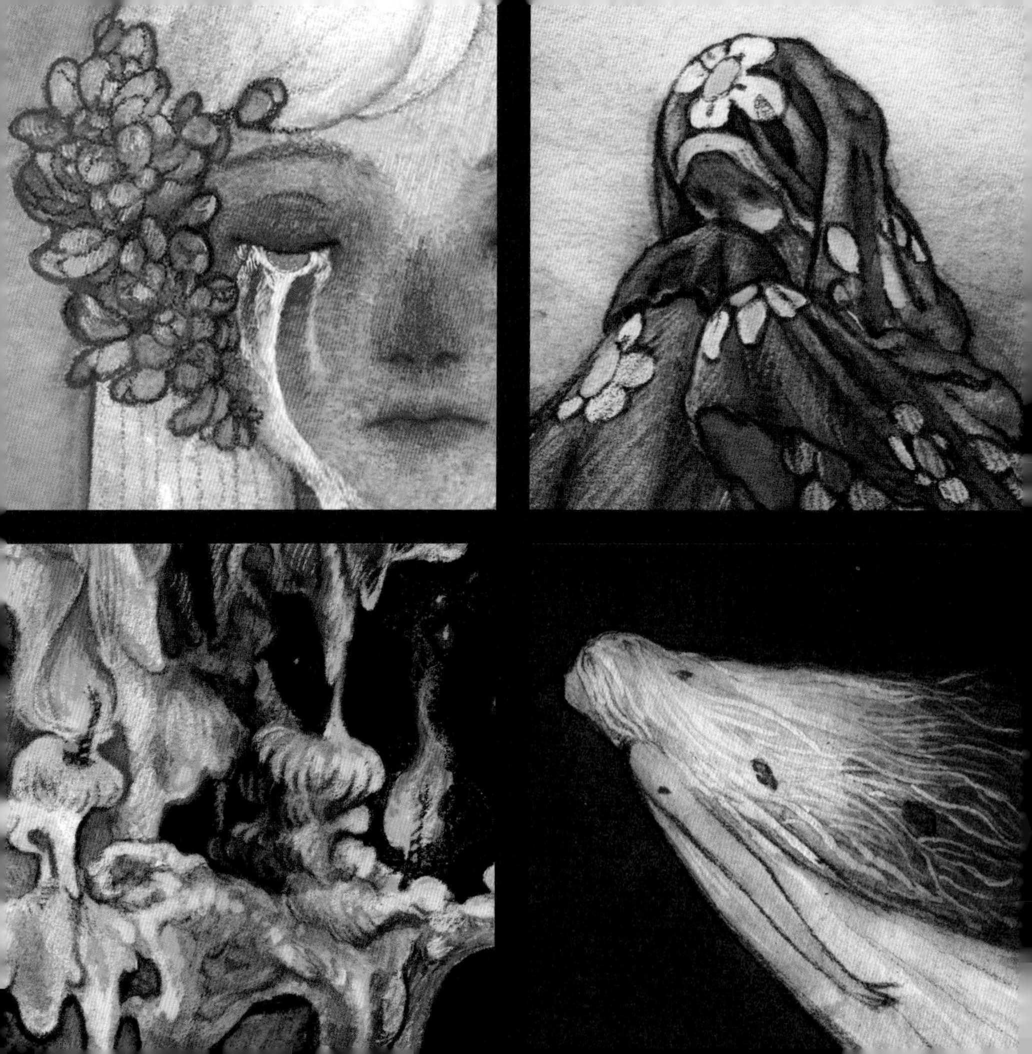

# 3부

# 외로이 좌초한 마음들

## 변이된 미소

뒤틀리고, 일그러지고, 변하다가
견디지 못하고, 무너지고, 익숙해지다가

종국에는 미소만 남고 만다.

## 기이하고 아름다운 변이

그는 자기 자신에게 불만이 많은 사람이었다.
그는 늘 이것저것 되고 싶은 모습을 떠올렸다.

무엇이건 지금보다는 나으리라.

상상에 가속이 붙자, 소원을 들어주기라도 하듯
몸의 곳곳과 주변의 공기까지 바라던 모습을 닮아 변하기 시작했다.
모든 변화가 끝나고 난 뒤, 그의 모습은 본래의 것에서 너무도 멀어졌다.
비효율적인 신체는 기이한 형태가 되었다.

하지만, 보기에 따라서 아름답기도 했다.
그가 스스로 만족하는지, 후회스러운지도
알 수 없게 되고 말았다.

## 너와 눈을 마주치기 위하여

언젠가부터, 다리가 마치 허망한 기대와 같이 무게를 잃고,
머리는 슬픔의 닻처럼 무거웠다.

소녀는 중얼거렸다.
내가 이렇게 거꾸로 가라앉은 것은,

뒤집힌 너의 세상과 눈을 마주치기 위해서야.

# 뒤틀린 괴물

아기 괴물은 본래 이렇게 태어났다.
네 다리가 모두 있지만 한 발도 내딛을 수가 없었고,
예쁜 것들로 몸을 장식했지만, 그 누구의 시선도 끌 수 없었다.

괴물은 뒤틀어야만 똑바로 설 수 있는 제 몸통을 바라보며,
더 이상 사랑받기 위해 노력하지 말아야겠다고 생각했다.

그냥, 있는 그대로, 괴물로 남기로 했다.

## 좌초한 타인

그 사람은, 뭍에서 살 적에 너무나 외로웠다.
깊이를 알 수 없는 상냥한 수면을 보며
고래가 슬피 운다는 바다의 일부가 되고 싶다고 생각했다.

그는 마음에서 비롯된 것들이 산다는 이상한 바다의 이야기를 듣고,
곧장 그 바다에 뛰어들었다.

소원이 몸을 바꾸었다.
그의 몸은 조금씩 인간보다는 바다의 모습을 닮아가기 시작했다.
하지만, 이해해줄 줄 알았던 바다는 낯을 많이 가렸다.

아무리 애를 써도 부력이 중력이 될 수는 없었다.
사람이 물의 품으로 파고들수록, 바다는 자꾸만 그를 밀어냈다.

그렇게 비릿한 몸뚱이가 파도에 떠밀려 올라왔다.
부패하지도, 그렇다고 움직이지도 않는 채로
오랜 세월 물과 뭍의 경계에 누워 있었다.
도태된 마음과, 좌초된 삶에 파도만이 닿았다 멀어질 뿐.

단 한 번이라도 좋으니,
'우리'이고 싶었다.

## 파도가 치는 방의 병

물이 가득 채워진 방이 있었다.
얼마나 넓은지, 얼마나 깊은지는 알 수 없었지만
방은 아주 오랫동안 늘 거기에 있었다.

그러다 어느 날, 바람 한 점 없이 잔잔하던 수면 위로 소녀가 떠올랐다.
방이 소녀의 존재를 확인하려고 계속해서 파도를 일으켰지만,
어떤 숨소리도, 심장 소리조차도 들을 수 없었다.

파도가 일렁일 때마다, 소녀의 머리가 물결을 따라 벽에
탁탁 부딪히는 소리가 났다.

방은 그 소리를 계속 듣고 싶어 했다.
방은, 그만 병에 걸리고 만 것이었다.

## 푸른 박제

소녀는 어릴 적부터 유난히 차가운 손끝을 가지고 있었다.
처음에는 남들보다 조금 더 차가운 정도였으나,
해가 지날수록 점점 더 심해지더니만 언제쯤인가부터는
얼음장과 다를 바가 없었다.

이렇게 소름 돋는 온도를 가진 채로는
그 누구에게도 닿을 수가 없었다.
대신 그 시린 손끝이 닿는 곳마다 시퍼런 잎사귀들이 돋아났다.

외로운 마음에 아무 사람의 손이나 덥석 붙잡고 싶었지만,
그 길로 영원히 외톨이가 될까 두려워 손을 뻗을 수가 없었다.
아무도 제 손길을 원치 않을 거란 걱정이
사실이 되고 진실로 남을까 무서웠다.

갈 길을 잃은 손이 결국 자신을 붙잡았다.
시린 손끝이 어깨를 꽉 쥐자,
예의 그 잎사귀들이 몸을 둘러싸기 시작했다.

외로운 날들이 창백하게 웅크린 자리에,
세상에서 가장 차가운 박제가 완성되었다.

# 이해받지 못할 호수

아주 깊은 바닷속에는, 드물게 민물이 고인 호수가 생기기도 한다.
온 바다가, 너는 눈물의 소금기를 모른다고 밀어내어

아주 깊숙히, 어둡고 좁은 한 뼘의 호수에 몸을 웅크려야 한다.
내가 네 짜디짠 마음을 모르듯, 너도 나의 향내 없는 허무를 모른다.

바다가 되기를 바라 매일 밤 울었었다.

성질은 비슷하나 밀도가 달라 장력으로 도태된,
영원히 이해받지 못할 호수 속에서.

## 앞에 달린 날개

남들과 같은 날개를 가지고 태어났으니,
똑같이 날 수 있으리라 생각했습니다.

·4부·

# 마음의 모양을 따르는 증상들

# 미모사의 숲

그 사람은 목욕물도 받지 않은 차가운 욕조에 들어앉아 있었다.
습관이었다.

오늘도 고된 하루였고, 이 사람 저 사람 모두 그를 힘들게 만들었다.

"왜 자꾸 나를 건드려."

그가 날카로운 짜증 속에 몸을 웅크리자,
한숨을 타고 수챗구멍을 통해 미모사 덩굴이 자라 올라오기 시작했다.

아차, 하는 순간 신경을 타고 흐르는 듯한 감각과 함께
미모사가 그의 온몸을 뚫고 차오르더니, 곧 욕조를 가득 채웠다.

이내 안쪽까지 미모사 줄기들이 차오르고,
그가 마지막으로 본 것은 미모사가 빽빽이 들어찬 숲이었다.

그는 미모사들의 목소리를 들었다.

"건드리지 마."

수천 수백 개의 작은 목소리라 산발적으로 같은 말을 읊조리고 있었다.
그가 공포에 질려 발버둥치려 하자,
미모사들이 어린아이를 진정시키듯, 귓가에 차분히 속삭였다.

"쉿-쉿- 우리도 다 알아."

이내 모든 감각이 닫히고,
그는 이 모든 미모사가 어떻게 만들어졌는지 알게 되었다.

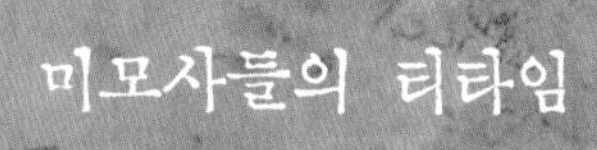


조용하고 어두운 미모사 숲 안쪽에서는
손도 대기 힘들 만큼 뜨겁게 데워진
흰 도자기 주전자가 작은 찻잔에 따뜻한 차를 따르고 있다.

그 누구도 차를 마실 수 없고, 그 누구도 차의 향을 맡을 수 없지만
계속해서 차가 끓여지고 따라지기를 반복해왔다.

누구를 위한 티타임인가?

# 원망스런 유전

"내가 원한 것도 아닌데, 내게는 아무런 잘못도 없는데, 왜 내가."

그는 이미 숲을 이룬 얼굴에 대고
늙은 부모에게 따져 물었지만, 손쓸 도리가 없었다.

의도한 적도 없는데 마치 모든 게 네 탓이라는 듯
불쑥 찾아온 운명이 이끼처럼 그의 살갗을 덮어갔다.

## 소중히 모아온 것들의 부패

시간이 지난 건 부패하기 마련이니,
내가 소중히 모아온 모든 것들도
언젠가는 썩어 문드러져 내게 병균이 되나요?

전부 다 내가 억지로 끌어안고 온 거라고요?

## 극적인 갈망

늘 원하고 바라고 갈망했지만,
그 어떤 대상도 그 마음에 보답해주지 않았다.

대가 없는 목마름의 끝에,
그는 이 극적인 갈망 그 자체를 바라게 되었다.
한때는 무언가를 바랐겠지만,
이제는 갈증을 느끼기 위해 무언가를 찾고 있다.

갈망이 갈망을 채우는 꼴이 되었다.

## 밀려 오는 파도

그 그림자는 매일 조금씩 몸집을 키웠다.

언젠가, 그림자의 무게를 견딜 수 없게 되었을 때,
소녀는 제 집 벽에서 커다란 그림자를 마주하게 되었다.

소녀는 그것이 와르르 머리 위로 쏟아질까봐 자리를 뜰 수가 없었다.
그것은 당장이라도 소녀를 집어삼킬 듯 노려보고 있었다.

하지만, 결코 그런 일을 없을 것이다.

소녀가 등불 쪽으로 몸을 돌려 일어서면
파도는 잠잠해지고 그림자는 쏟아지지 않을 것이다.

# 지나치게 조용한 숲

"……."

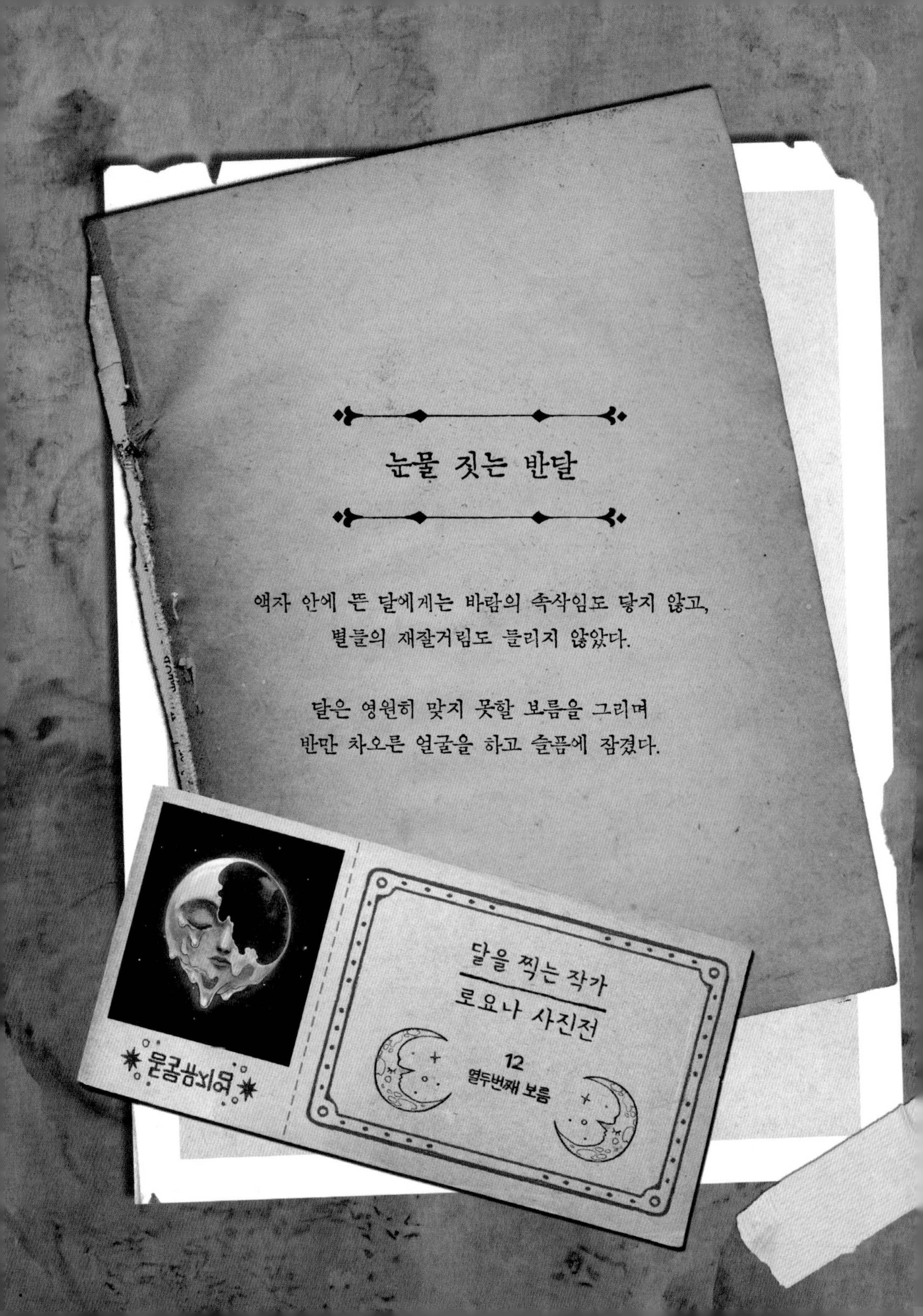

눈물 짓는 반달
액자 안에 뜬 달에게는 바람의 속삭임도 닿지 않고,
별들의 재잘거림도 들리지 않았다.
달은 영원히 맞지 못할 보름을 그리며
반만 차오른 얼굴을 하고 슬픔에 잠겼다.
달을 찍는 작가
로요나 사진전
12
열두번째 보름

## 어설픈 별의 초상

실제로 별은 둥근 구체이고,
다 알고 있지만.

그가 되고자 했던 별은
어릴 적 잠옷에 그려진 별무늬와 같은 모습이었는데.

# 너무 가벼운 수소 풍선 증후군

"날 어디까지 놓을 건가요?"

아이들이 재미로 놓아버린 수소 풍선들이 모여
전염성을 가진 무언가가 되었다.

이 병균은 가볍게 여겨지는 이들에게 쉬이 옮겨붙곤 한다.
때로는 참, 존재란 게 공기보다 가볍기도 하다.

풍선
몇몇 세계에서, 풍선들은 반드시 떠오른다.
헬륨이나 수소를 품지 않고도 기대와 같이 부풀어 들뜨곤 한다.
풍선들은 모두의 기분을 들뜨게 하고, 손쉽게 사랑받지만
기대가 꺼지고, 흥분이 터지고 나면 가볍게 잊히고 만다.

별
성운이 아닌 모든 빛나는 천체들을 일컫는 말이라는 사실과 별개로,
별은 우리에게 뾰족뾰족한 모습으로 존재한다.
우리는 그 둥근 몸이 아니라
몇 억 광년을 넘어 우리의 눈에 비치는 빛의 파장만을 사랑해왔다.
별들은, 이미 너무 오랜 시간 제 본질이 아닌 광채로서 존재하다 못해
그 뾰족한 모서리들에 스스로를 빼앗겼다.
그래서 별은 가끔 헛되고 붙잡을 수 없는 것들을 상징하기도 한다.
우상, 소망, 이상이나 특별함 같은 것들을.
어떤 것들은 분명 실재하지 않기에 빛나고,
어쩌면 사실과 다르기에 갈망하게 되는 것이므로.

## 그런 말들, 난자 당하는 마음

같은 말을 듣고도, 남들보다 더 크게 다치는 마음이 있다.
유독 언어로 이루어진 것들에 더 아파하는 인생이 있다.

그게 어떤 의미인지, 그 모양을 누구보다 선명히 느끼기 때문이라,
그런 말들은 형상도 없이 상처를 남기지만,
그런 마음들이 지르는 비명은 들리지 않는 법이다.

# 감정 탈색

그의 온갖 감정과 생각들이 바람에 섞여
허무히 빠져나갔다.
사람이 만든 바람이 불어,
사람 사이에서 만들어진 마음들을
얇고 버석하게 말린다.

멀겋게 빛이 바랜 시간들 앞에서
담담하고 싶은 마음을.

## 애달픈 매달림의 무게

서로 하는 사랑인 줄 알았던 것이
너만의 매달림이었다는 게,

온몸을 매단 네 무게가
그에게는 느껴지지도 않을 만큼 미미한 것이었다는 게,

네 마음의 무게가
그에게 그 어떤 것도 지우지 못한다는 게,

네가 그에게 가볍다는 게, 이리도 비참할 줄은.

## 마음이 심장을 무너뜨릴 때

마음과 심장은 분명히 다른 것인데,
만질 수도 없는 마음의 고통이 심장의 살점을 허물어낼 줄은 몰랐지.

마음이 쿵 내려앉을 때,
심장 박동이 그의 가슴께를 부숴버릴 줄은 꿈에도 몰랐지.

분명 행복했어야 했는데.

## 더 많은 것을 느끼기 위한 심장

누군가의 심장 조직을 종이에 배양해 얻은 추상화입니다.
이 심장의 주인은 남들보다 더 많은 것을 느끼고,
더 아름답고 아프게 받아들이던 사람이었습니다.

여러 평단에서 이 섬세한 무늬의 미적 가치에 대해
각자 찬사를 쏟아내는 와중에,
한 평론가가 내놓은 평이 화제가 되고 있습니다.

'마음은 심장이 아니라, 뇌에서 느끼는 것일 텐데, 왜 심장이 공명했을까?'

# 이토록 한심한 나태의 관성

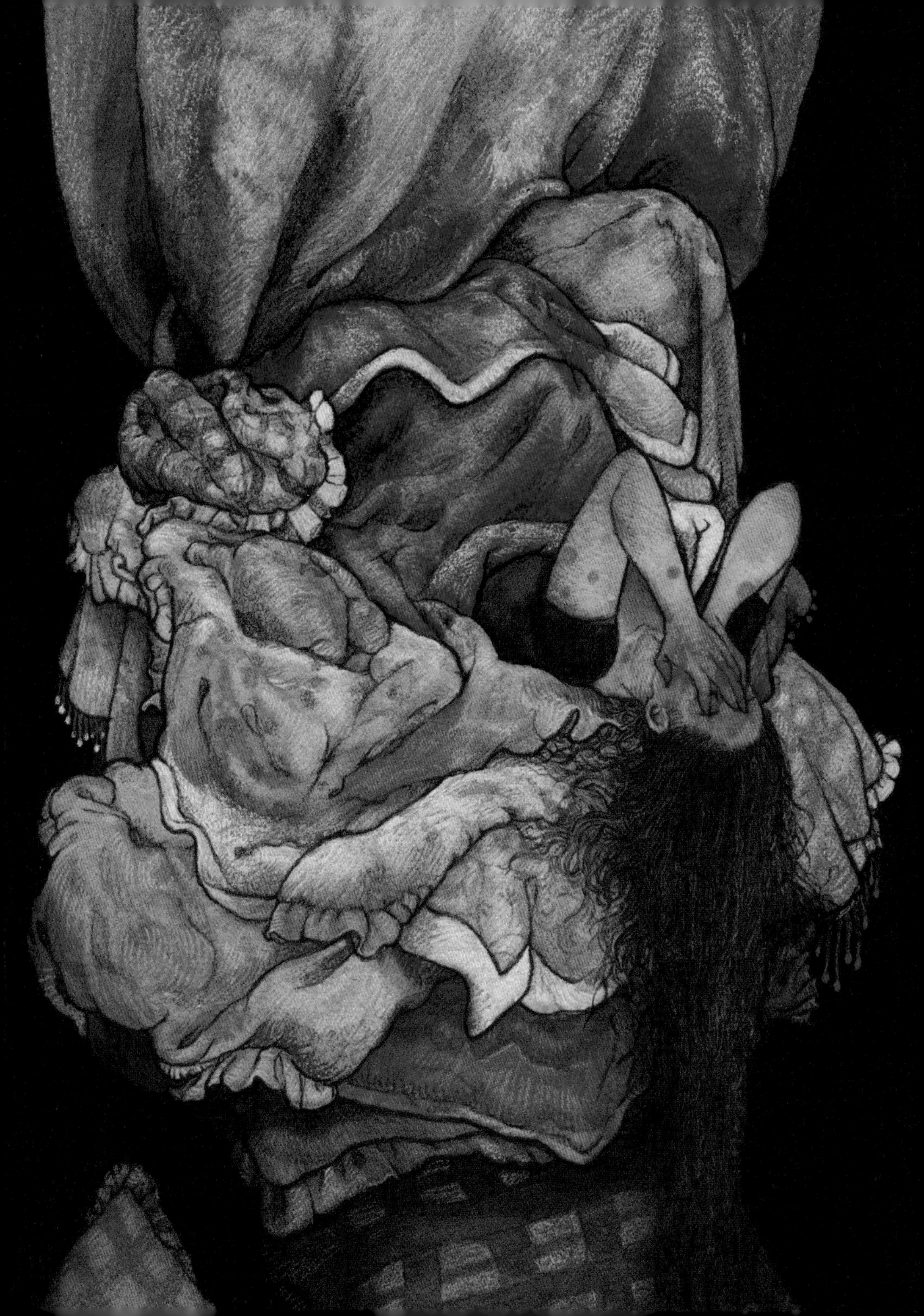

## 극적인 티타임

수없이 많은 생각에 눅눅히 짓눌려 있던 이오는
지친 숨을 한 번 고르고,
오랫동안 아껴두었던 찻잎을 달였다.

찻잔에서 김이 오르고, 수증기가 반짝이며
오랫동안 고인 침묵과 오랜 시간 멈추어 있던 공기를 깨웠다.
수증기를 따라 막힌 숨이 터졌다.

종종 아무런 의미 없이 스치는 듯한 순간들이
이렇게 예고도 맥락도 없이 모든 것을 바꿔버리기도 한다.

# 꽃점 인어

사랑한다, 사랑하지 않는다.
아프다, 아프지 않다.

꽃점 인어는, 태어나고 몇 해가 지나면 마음에 무언가를 품는다.
사랑, 소망 혹은 그 어떤 것을.

인어는 그 순간부터 자리에 앉아 꽃점을 치며 일생을 보낸다.
혹여 아니라는 대답이 돌아올까 두려워 평생 비늘을 잡아 뜯어 점을 칠 뿐이다.
제 살점을 쥐어뜯는 아픔이 인어를 버티게 한다.

비늘이 뜯긴 자리에 새로운 비늘이 돋고 돋다가
더 이상 상처가 아물지 않고,
고깃덩이 같은 몸뚱이 위에 더는 비늘도 자라지 않게 되면
이 강박적인 꽃점이 멎고,
평생 바라고 망설이던 인어의 생도 멈춘다.

## 달각대는 열병

주전자의 주둥이가 찻잔의 가장자리에 닿는 순간.

차 한 잔 나눌 만큼의 짧은 시간 동안,
찻물의 온도만큼 달뜬 열병이 돈다.

차 식을 때를 알지 못하는 연인들이 달각대며 입을 맞춘다.

## 매달릴 꿈이 필요해 문 미끼

이 바다의 인어들은, 종종 닿을 수 없는 별에 대한 꿈을 꾼다.
연안에는 그런 인어들을 낚기 위해 매달아 두었던 미끼들이 남아 있다.
별이 아니면서 별인 것처럼 반짝이는 거짓말들이.

그리고 몇몇 인어들은, 날 때부터 그 미끼를 물게끔 태어난다.
그들은 다른 이들보다 밝은 눈을 타고 태어나 무언가를 쫓으며 살다가
어느 날 홀린 듯 미끼를 입에 물고 만다.

그저 미끼인 줄 알면서 제 몸을 꿰단 모습을 누가 이해할까.

아닐 걸 알면서 매달리는 마음을 다른 누가 애달파하나.

미끼를 물게끔 태어난 게 아니라,
매달릴 꿈을 타고 태어났을 뿐이다.
연안에 파도가 일렁일 때마다, 매달린 몸들이 수중에 뜬 별처럼 대롱거린다.

·5부·

# 앓는 모든 존재를 위하여

# 환상 전시관

의자를 준비해두었습니다.
이리 와서 앉으세요.

## 괜찮아, 괜찮아

그 병은 단 한 번의 입맞춤도 허락되지 않을 만큼
비극적이고 끔찍한 것이었다.

"괜찮아"

입술을 타고 옮겨가는 비극도,
살갗을 일그러뜨리는 열병도
그 어떤 것도
사랑이 위로하는 이 새벽을 아프게 하지 못했다.

# 자꾸만 터지는 풍선

이 아이는 태어날 때부터, 온몸에 커다랗고 뾰족한 가시를 달고 살아왔다.
가시가 몸을 빼곡히 덮은 이 아이는 풍선을 정말 좋아한다.
아이는 하늘을 둥둥 떠다니는 헬륨 풍선을 손에 쥐고 걸을 때,
세상에서 가장 행복한 사람이 된다.

당연스럽게도, 풍선은 산들바람만 불어도
가시에 찔려 터져버리곤 하지만
아이는 늘 새로운 풍선을 분다.
작게 쪼그라들어 있던 고무 조각에 숨과 같은 헬륨을 불어 넣으면,
기분도 함께 부풀어 떠오르는 것만 같다.

제 가시에 늘 풍선이 터졌기 때문에,
늘 그래왔듯 또다시 터지고 말 것이라 해서,
뾰족한 가시를 타고 태어났다고 해서,
이 애가 풍선을 가져서는 안 된단 말인가?

## 곧 끝날 춘곤증

피어보지 못한 이 세상 모든 꽃봉오리가
햇살의 그림자 아래 들어차 있다.

피어본 적 없는 모든 꽃봉오리가
세상에 데인 기억을 안고,
그 그늘에 꾸벅꾸벅 졸고 있다.

언젠가, 이 무기력하고 졸린 봄도 지날 것이다.

춘곤증이란 본래 겨울을 버티고 난 이른 봄철 잠깐일 뿐이다.

## 기꺼이 동상에 걸리는 일

뺨을 뜨겁게 얼리는 바람.
한 계절 흰 베일을 쓰는 바윗돌과
마른 입술을 떨며 노래하는 잎사귀.
마음 대신 코끝이 쨍하고 우는 공기.
시끄럽게 떠들던 모든 것이 잠드는 눈밭.

그 모든 냉기를 이해하고, 기꺼이 동상에 걸리는 일.

## 내가 아니라, 네가 거꾸로 있는 거야

그는 태어날 때부터 거꾸로 뒤집혀 있었다.
마치 저 혼자 반대의 중력 속에 사는 듯이.
붙잡아 줄 것이 없다면, 허공으로 날아가버리는 게 아닌가 걱정스럽겠지만,
그는 늘 지면과 적당한 거리를 유지하며 제 뜻대로 걸어 다닌다.

좌우가 반대로 뒤집힌 사람들은 눈에 잘 띄지 않지만, 머리 위로 그림자를 드리우는
모습은 그렇지 않았다.
이 소녀가 그러해 보이듯, 세상은 그에게서 거꾸로 멀어지기만 한다.

심장의 위아래가 반대라 해서 마음이 움직이는 방향도 거꾸로일 리 없다.
눈물이 아래에서 위로 흐른다 해서
슬픔이 아닐 리 없다.

어쩌면, 모두가 거꾸로 뒤집혀 있는 것일지도 모른다.

## 가장 완벽한 이해의 숲

눈이 없는 아이와 입이 없는 아이는,
서로 다른 계절에 이 숲에 버려졌다.

그리고 어느 가을에 같은 나무 아래에서 만났다.

이해받지 못한 마음이 모여든 숲에서,
어쩌면 세상에서 가장 완벽한 이해가 탄생했다.

## 실타래의 자기소모적 자존

빨간 실타래는 끊임없이 제 실을 풀어냈다.
실타래는 늘 실을 보다 극적으로 풀어내기 위해
멋진 자세를 고민하곤 했다.

짜여지지 않고 돌돌 풀려 떨어지는,
그렇게라도 존재하고자 하는 삶들이 있다.

스스로를 장작 삼아 타오르는 삶의 방식도 있다.

## 너무 복잡한 새벽의 무늬

밤이면, 그의 예민한 피부 위로 레이스 천이 돋아난다.
사람들은 그 흐드러진 윤곽을 감상할 뿐
어떤 실이 어디에서 나와 어디로 흐르며,
어떤 이유로 엉켜있는지 궁금해하지 않는다.
거미줄에 영근 아침 이슬이 차가운 새벽이라 맺힌 눈물인 줄 모른다.

비단보다는 설기고 그물보다는 촘촘한 섬유 위로 동이 틀 때,
살갗 위로 어룽대는 무늬들을 바라보며
어김없이 또 시작되고 마는 아침을 견뎌왔다.

알기 쉬운 한 올로 풀어내서 간단하게 이해받는 것만이 자유의 방법은 아닐 것이다.
타인은 해독하지 못하는 방식으로 꾸민, 복잡한 가면을 둘러서 얻은 평안.
그만이 이해하는 무늬 아래 안식하는 해방의 밤이다.

# 달의 뒤편

밤은
등에 달빛을 진 채 창가에 걸터앉아,
빛과 어둠이 서로를 밀어내는 그 기이한 경계를 감내해야 했다.

눈부신 빛을 견디는 눈꺼풀 아래로 만물이 고요히 잠든다.

# 울어도 좋아, 여긴 바다니까

# 그래도, 나는 너를 사랑해

## 에필로그

기록을 마친 이오는 햇살이 비쳐드는 서재에 앉아
뻐끔뻐끔 방울 담배를 피우고 있었다.

매일같이 머리에 진주알이 반짝대고
매일같이 무언가 기분 좋게 일렁댔다.

현실이 끼어들 틈 없는 동화의 한 장면 같은 오후였다.

END

★ 작가의 말 ★

# 기묘한 병 백과, 기록자의 말

안녕하세요, 도밍입니다.

우선, 기묘한 병 백과라는 애매모호한 세계를 손에 쥐고 끝까지 읽어주신 당신께 감사드립니다. 어리고 서툰 스물한 살에 이오를 만나 일기를 적듯 시작했던 글과 그림들이, 책이라는 멋진 옷을 입고 많은 분들과 만나게 되었네요.

다소 우울하고 축축한 정서의 작업들입니다만, 보는 이에게 아픔을 전염시키거나 부정적인 감정에 끌어들이려는 의도의 것들은 아닙니다.

기묘한 병 백과는, 기분이나 마음을 알아채고 이야기함으로서 배출구가 되고 위로가 되고 싶다는 생각으로 그리고 써온 작업들입니다.

'이것저것 되는 일이 하나도 없던 날 살갗에 닿는 차가운 욕조의 온도.' '다 마른 줄 알았던 옷의 끝자락이 아직 살짝 축축할 때의 마음.' '잠은 달아난 지 오래인데도 이불 안에서 나갈 수 없을 때, 그런 나약한 나를 누르는 이불의 무게.' '생각 없이 끓인 차의 향내 나는 증기가 나를 긍정하는 것만 같은 순간' 같은 것들.

내가 분명히 느꼈음에도, 명확하고 분명한 말로 정의하기 어려운 감정이나 기분,

마음들. 이렇듯 비문이나 완결되지 못한 단어의 나열로 남고 마는 것들. 우리가 앓아온 그 애매모호한 애수들을 인정하고, 마주하고 싶었습니다.

자신을 부른 모든 이야기에 방문해, 마음들을 듣고 기록해온 '이오'에 대해서는 앞으로의 작업들을 통해 더 자세히 알려드릴 수 있으리라 생각합니다. 이오는 '타인의 이야기를 듣거나, 들어야 하는' 모든 이들에 대한 은유입니다. 저는 계속해서 이오가 듣고 돌아와 기록한 것들을 토대로 글을 쓰고 그림을 그려나갈 생각이니, 이후의 여정을 지켜봐주셨으면 좋겠습니다.

부디 이 책이 당신의 마음을 알아채고, 어쩌면 위로가, 어쩌면 카타르시스가 되었기를 바랍니다.

사실은, 이오 역시 제가 아니냐고요?

그럴 리가요.

기묘한 병 백과

초판 1쇄 발행 2019년 12월 20일 초판 3쇄 발행 2021년 1월 12일

지은이 도밍
펴낸이 연준혁

출판부문장 이승현
편집 1본부 본부장 배민수
편집 1부서 부서장 한수미
책임편집 방호준
디자인 조은덕

펴낸곳 (주)위즈덤하우스 출판등록 2000년 5월 23일 제13-1071호
주소 경기도 고양시 일산동구 정발산로 43-20 센트럴프라자 6층
전화 031)936-4000 팩스 031)903-3893 홈페이지 www.wisdomhouse.co.kr

값 20,000원 

ISBN 979-11-90427-45-6 03810



---

이 도서의 국립중앙도서관 출판시도서목록(CIP)은 서지정보유통지원시스템 홈페이지(http://seoji.nl.go.kr)와 국가자료공동목록시스템(http://www.nl.go.kr/kolisnet)에서 이용하실 수 있습니다. (CIP제어번호 : CIP2019048628)